礫

令和俳句叢書

TSUBUTE
YAMAGUCHI AKIO

山口昭男句集

ふらんす堂

目次

ロールキャベツ……5
枝……31
四人目の男……61
丸桶……95
水泳帽……129
菊の影……157
あとがき……191
初句索引……193
季語索引……197

句集　礫

ロールキャベツ

初時雨山河に弦をはるごとく
冬鵙のゐさうな山の容かな

恋文が干大根の中通る

冬草へ救急箱を閉ぢる音

となりの子湯婆抱いて現はるる
手袋のその人らしくなつてをり

よき匂ひさせて炬燵にゐる女

冬の蝶手ぶらたることよかりけり

風花やからりとあがるパンの耳

探梅の長き筧を見て終はる

恋の猫ブーツ倒して出てゆきぬ

聖水のまつくらがりを黄水仙

人間についてゆくなり春の雪

水温む体操帽に顎の紐

番台のうすき座布団鱵漁

鳥の巣に鳥の来てゐる時間かな

エプロンにポケットひとつ桃の花

蹴上へと曲がってゆけば蜷の道

豆咲いて黒一色の貨物船

箸箱に箸の音ありげんげ草

をさなごがをさなごしかるさくらかな

雀の子動物園を見てゐたり

置くやうに花びら落とすチューリップ

菜の花のみな窮屈に咲いてをり

万力に一本の棒百千鳥
こでまりの花へと二人押し出せり

さみだれのみづわのごときをみなごは
母の香の縁にひろがる祭かな

夏の月ロールキャベツに白き帯

一家族蕗の向うに立つてをり

糸つけて蜘蛛走り出す夏書かな

白玉の隣の白と違ふ白

昼酒の微醺とあらば蛇の衣

水番の或は膝のまるさかな

納豆の糸をのばせばはたた神

科学誌の表紙にぎやか草いきれ

ぼんやりと土に色あり蟻地獄

白粥のごとき曝書の日ざしかな

オムレツの卵ぱるんと百日紅

秋風に話したきこと少しあり

おしろいやきれいに外す包装紙
唐辛子紙の袋に入れてある

あふむけに寝転ぶ月の畳かな

弁当に飯ぎつしりと草の花

とまどひは菊人形の蜂にあり

末枯や子規自画像の鼻の穴

秋深し味噌屋に味噌の盛りあがり

もうすでに土なる筵梅擬

枝

鴨浮いてみぢん切なるものは何

松脂の金のふくらみ神の留守

白菜へ夕日の色の男来る

しぐるるや魚の脂の焼くる音

甲冑の白き口髭帰り花

むらさきの闇の水差浮寝鳥

炬燵より短き返事する男

葉牡丹の渦もどかしくありにけり

枝折つて年のはじめの音とする

根をのばす如くに水や冬の瀧

太陽のそよぎて見ゆる寒の入

寒の月山より闇をひきちぎり

寒雀歩めば羽のはみ出せり

母の杖父の杖春来りけり

白皙の男を連れて梅の寺

春の雪椅子の形を知つてをり

赤ん坊のすつぱきにほひ涅槃西風

薄氷に水ののりたる逢瀬かな

春風やはちきれさうな麩の袋

げんげ田へ入るところの見つからぬ

雨粒に沈丁の香のうつりつつ

眼より炎のあがる目刺かな

蝶の口蝶の脚へと近づきぬ

車拭く大きな羽根や豆の花

はくれんの喜劇の如く散つてをり

赤色の馬穴が三つ蝶の恋

花に影獣に臭ひありにけり

塵取の内と外との桜しべ

畦塗を終へたる喉のよく動き

蔵中に一筋の風衣更ふる

若葉かな栗饅頭の白き餡

しばらくは草笛のため恋のため

よき山のなにさびしうてほととぎす

これ以上緑を足せぬ青黴よ

むらがりてものの形の蟻の数

余命とも風の音とも明易し

竹植ゑて泥鰌の髭の話かな

茄玉子ひとりにひとつ桐の花

籐椅子に霧吹のころがつてゐる

あどけなき土をもりあげ蟻地獄

夕方のきれいな眉や立葵

熟睡とは螢袋の花の中

一大事すみたるあとをががんぼと
音消して出てゆく母や夏の月

炎天を神の如くに歩みけり

とほい木にとほい人をり日の盛

踏むほどの雨となりたる胡麻の花

秋の蠅螺鈿の上にのつてをり

履歴書の小さな写真桐一葉

右を向くプラトンの像きりぎりす

水蜜桃食ふ指先となつてをり

しつとりと黒きネクタイ葛の花

フルートの音月光にはさまるる
その揺れを知らずに柳散つてをり

四人目の男

鴨鍋にさて四人目の男かな

大根を抜きたるあとの穴きれい

水が水またぎてゆくや神の留守

犬の眼が干大根に向いてをり

降りて来てみな水鳥の形かな

白壁のまぶしきまでを帰り花

暦売少しく酒のにほひけり

飽食の男と女水涸るる

榾の火に雨ちくちくと刺りをり

初夢のただ広くある東司かな

火消壺独語の如く立つてをり

妙な色妙な匂ひの胼ぐすり

臘梅の臘といふ字の潰れあり

藤蔓の太きねぢれや鬼やらひ

立春や水を散らかす河馬の耳

家の声庭の声聞く道の春

音はみな雪解雫の中にあり
如月の平たき銀の電池かな

芝焼の蕩けるやうに火の走る

囀とパイナップルの缶詰と

春の水僧一列となり歩む

黄水仙蔵の前より咲いてをり

春の鴨毬のやうなる水を吐く

かたまつてゐてもばらばら彼岸婆

噴水の高さ正しき弥生かな

石鹸に牛の刻印春の風

ペリカンの嘴の音花満つる

種浸す同い年なる男かな

葉桜や犬に着せたる星条旗

五人目は男と聞いて新茶汲む

余花に風ハンバーガーを包む紙

新緑や御所を出てゆく郵便車

女待つ黒き日傘の女かな

遺されし帽子の箱と緋目高と

蕗の葉のかたむきよろし水よろし

雷のにほひ出したる近江かな

水馬の影水馬の斜め下

咎めたるごとく松葉の散りこみぬ

蟻の口開けば三角四角かな

十人が一人を待ちぬ月見草

人の死に蛸切つてゐる暑さかな

首の汗背中の汗に追ひつきぬ

落ちてゐる水と言ひつつ盗みをり

摂待やうなじに虫のゐる気配

草の葉に流燈ふれてまたたきぬ

厄日かな日ざしつらぬく雨の粒

いつもこの端に立つ僧一遍忌

テーラーのかろき巻尺ゑのこ草

夜業人薬のにほひしてをりぬ

雨音をみな聞いてゐる夜食かな

芋の露二つとなりて隣り合ふ

ゆすぶれば雨落とす雲ちちろ鳴く

月明の研究室に来るマウス
へうたんのほうがえらいとへちまいふ

流れ来る水色若し貝割菜

秋晴や狐色なる紙芝居

天高し男をおいてゆく女

秋風よ老女の白きソックスよ

視線とは違ふところへ飛ぶばつた

桃すする見覚えのなき顔をして

刈萩の順番もなく運ばるる

畑に菊我に勉強机かな

丸桶

水鳥へ頁の角を折つてゐる

浮寝鳥見るどのポケットも深い

水奪ふやうに大根洗ひをり

牡蠣船の中途半端な灯りかな

梟の居さうな廊のつきあたり

一山のぬくもつてゆく焚火かな

蕪売風吹く方へもどりけり

日時計の動かぬ針や水涸るる

鴨打の家の暦の小さけれ

龍の玉この子はいつまでもひとり

竹馬で飼育係のやつて来る

一本の紐にて春を灯しけり

原文と違ふ翻訳浮氷

水見えて薄氷見えて来たりけり

雪間草山ゆつくりとまるくなる

宿木の青くふくらむ涅槃かな

流れ来る水にはりつくやうに蝌蚪

癪といふやはらかきもの田螺鳴く

蒔く種の指を離れてよりの快
線香の灰立つてゐる椿かな

羊羹のかたき銀紙百千鳥

初花や置けば傾く紙の鶴

囀や練乳缶に穴二つ

花時のマルコポーロといふ紅茶

苗代へぶつきらぼうに入る水

座蒲団にかわく飯粒濃山吹

手を洗ひまた手を洗ひ夏に入る

玉繭の如き息災ならばよい

蚕豆をゆでたろ頭をなでたろ

短夜のみどりうきたる白衣かな

疫学者細菌学者夏落葉

筍にそのまま書いてある値段

青蛙生意気な肘ありにけり

風ほどくやうに早乙女歩みゆく

満ちたりし金魚の顔でありしかな

毛の中に犬の顔あり夏木立

止まりてもどこか動いてゐる蜥蜴

夕顔に気分よき人立つてをり

萍の犇めきあつて重ならず

丸桶に沿うて二匹の鰻かな

鞄よりつかみ出したる夏帽子

地に下りて別の顔なす毛虫かな

お習字の長き机や百日紅

鶏は蛇銜へ八月十五日

僧逝きて僧の集まる今朝の秋

中元や鯰は髭をもてあまし

測量の小黒板や稲の花

ゆつたりと水につかつてゐる西瓜

教室の飴色の椅子法師蟬

教会の匂ひ秋蝶のにほひかな

前菜の黒き玉子や秋旱

鶏頭へ炭酸水を開ける音

駅弁に輪ゴムがひとつ秋の山

安心の形でありぬ露の玉

拡げたるばつたの翅のごとき恋

観音に噂ありけり衣被

御奉仕は銀杏落つるところより
鵙の贄とろりと雨をしたたらす

ここからは水音暗き草紅葉

泥鰌となりて団栗と話しこむ

「秋草」十周年

秋草のまじり気のなき色に合ふ

水泳帽

恋の眼のままに兎を抱いてをり

冬ざれやうすきみどりの龍の肌

ふれてゆく草あたたかき兎狩

日の照つて障子の好きな時間かな

天上へ音のにげこむ蓮根掘

雑巾がポインセチアの前にある

騒ぎつつ舟より降りてくる屏風

火の上に人の声あり鍬始

傀儡の持ちたる竿のよく撓ひ

とんど火のときをり黒き尖りかな

ゆつくりと氷の上をこほる水

風邪の子に仏壇明かるすぎないか

春めくや水のぬけたるみづたまり

いつも会ふ男が畦を焼いてをり

負鶏のただに立ちたる草の上

書を閉ぢてより蘖の高さかな

凧下りてぺたりと地を抱きぬ

囀の真只中を鳩歩く

蝶すでに水の虜となつてをり

若き師のまなざし思へ燕

三輪車つつこんである椿かな

ほがらかなマスト一本蓮如の忌

座布団を積めばかたむく濃山吹

苗代へ魚臭はりつく男かな

袋角うつらうつらといふ色に

水槽の穴子きれいに重なりぬ

螢火に名前呼ばれてゐるやうな

目高より目高の影のよく見ゆる

葭切の鳴く辺をタカラジェンヌかな

蠅打つてあたりの音をあつめたる

籐椅子の後ろを通つてゆくスープ

我の横我ゐるやうな瀧の水

瀧壺をしづかに水の出てゆけり

まつすぐに柱拭きたる雲の峰

ねぢれゐるアイスクリンの小旗かな

風鈴の揺れとは合はぬ音であり

とくとくと犬の心臓村昼寝

箱庭に居さうな四人家族かな

子の名前水泳帽の正面に
少年はトマトの茎の匂ひかな

夏芝居まづ松風を聞いてをり

蓮咲いて漆黒の水透き通る

向日葵の家の中より怒声かな

石に影二百十日の人の立つ

犬抱いて根釣見てゐる女かな

スポンジは元の形にゑのこ草

使はれぬポケット多しななかまど

人間と菊人形の間かな

鹿の胸水の明かりをためてをり

浸障子水にもたれてゐるやうな

棒稲架の老いたる色でありにけり

赤い羽根つけたるあとの聡き耳

菊の影

人につく土と大根につく土と

赤々と亀の眦神の留守

枯木へと紙裂くやうな日ざしかな

真白き土嚢置きある七五三

焼藷を割つて右手と左手と

北風や甘き匂ひの川魚屋

十二月紙の礫の開き出す

牡蠣船へ大阪弁の下りてゆく

メンソレの蓋の少女や聖夜来る

寒さうなゴム手袋の吊つてあり

煮凝の用心深きかたさかな

淡雪やぼつと音する給湯器

恋の猫きれいな庭に出てをりぬ

白魚の水に遅れて汲まれゆく

永き日の音して無人精米所

闇市の如きに蝌蚪のかたまりぬ

てのひらの中の靴べら鳥の恋

芋植ゑて短き坂を下りて来る

眠る子の春雨色となつてをり

気持ちよき丸盆の塗つばくらめ

唇に指を一本ヒヤシンス

水平に垂直に虻唸りをり

鉄瓶を提げて落花の中を行け

水口を祭りてよりの太き雨

焙煎の大きな音や濃山吹

一円がこんなところに葱の花

心地よく雨が蛙に吸ひつきぬ

初夏の鯉は体をもてあまし

水を見てほめたる人や更衣

夏さびし机の上の烏龍茶

筍を千葉日報でくるみたる

切込に沿うて鋏や額の花

置いてある蠅叩へと蠅の来る

ザリガニの馬穴を鳴らす暑さかな

源五郎泡を先に行かせたる
糊つよき敷布の角や夏の月

瀧の音水を離してしまひけり

とんで来て蠅虎が目の高さ

風よりも話のほしき扇かな

晩年の顔してをりぬ羽抜鳥

くちなはのよくしなひたるかたさかな

あたたかき水鉄砲の水なりき

箱庭に幸せさうな人らかな

口論にサイダー持つて加はりぬ

片手にて水着絞つてゐたりけり

舟ゆけば水のよろこぶ湖の秋

天の川渚は人の寄るところ

途中までついて来る子や盆の道

油より掬ふコロッケ大文字

法師蟬声擲つて鳴きやみぬ

洗はれて烏賊の目黒き野分かな

煌々と台風圏のシャンデリア

一鉢はみなゑのころとなつてをり

蟷螂の声あるやうに振り向きぬ

秋祭鳥が屋根を歩きをり
露の玉かつと日ざしをあつめたる

皮むけば色おとなしき葡萄かな

種採の大き声よりあらはるる

草の実の飛んで鰊が蕎麦の上

干柿に食ひ入る縄のかわきかな

落ちてゐる菊人形の菊の影

あとがき

二〇一七年から二〇二二年の作品三百三十八句を、第四句集『礫』としてまとめました。

この間、自分を限りなく揺さぶることに努めてきましたが、新しい俳句との出合いはまだまだという思いです。

ただ、うれしいこともありました。「秋草」に集う仲間が増え、多くの仲間とともに俳句の時間を過ごすことができたこと。俳句は一人ではできないと強く感じた六年でもありました。

季語を離し、想像力を働かせた句。とことん人物を描いた句。手応えのある発見の句。次への道程は見えています。「秋草」の仲間とまたゆっくりと歩んでいきます。

令和五年五月

山口昭男

著者略歴

山口昭男（やまぐち・あきお）

昭和30年　神戸生まれ
昭和55年　「青」入会　波多野爽波に師事
平成12年　「ゆう」入会　田中裕明に師事
平成13年　第一句集『書信』
平成22年　「秋草」創刊主宰
平成23年　第二句集『讀本』
平成29年　第三句集『木簡』（第69回読売文学賞）

著書
『言葉の力を鍛える俳句の授業── ワンランク上の俳句を目指して』（ＥＲＰ）
『シリーズ自句自解Ⅱ　ベスト100　山口昭男』（ふらんす堂）
『波多野爽波の百句』（ふらんす堂）

日本文藝家協会会員

●初句索引

あ行

青蛙 一一三
あふむけに 二八
赤々と 一五九
赤い羽根 一五六
赤色の 四五
赤ん坊の 四一
秋風に 二六
秋風よ 九一
秋草の 一二七
秋の蠅 五六
秋晴や 九〇
秋深し 三〇
秋祭 一八六
畦塗を 四七
あたたかき 一七九
あどけなき 五二
油より 一八三
雨音を 八七
雨粒に 四三
天の川 一八二
水馬の 八一
洗はれて 一八四
蟻の口 八二
淡雪や 一六四
安心の 一二三
家の声 七〇
雷の 八〇
凧 一三九
石に影 一五二
一円が 一七一
一山の 九九
一大事 五四
一本の 一〇二
いつも会ふ 一三七
いつもこの 八六
糸つけて 二二
犬抱いて 一五三
犬の眼が 六四
芋植ゑて 一六七
芋の露 八八
萍の 一一六
浮寝鳥 九七
薄氷に 四一
熟睡とは 五三
末枯や 二九
疫学者 一一二
駅弁に 一二三
枝折つて 三七
エプロンに 一五
炎天を 五五
置いてある 一七五
置くやうに 一八
をさなごが 一七
お習字の 一一八
おしろいや 二七
落ちてゐる
—水と言ひつつ 八四
—菊人形の 一八九
音消して 五四
音はみな 七一
オムレツの 二六
降りて来て 六五
女待つ 七九

か行

傀儡の 一三五
科学誌の 二四
牡蠣船の 九八
牡蠣船へ 一六二
風花や 一一
風邪の子に 一三六
風ほどく 一一三
風よりも 一七八
片手にて 一八一
かたまつて 七四
甲冑の 三五
鞄より 一一七
蕪売 一〇〇

さ行

た行

な行

は行

季語索引

春

時候

【春】
家の声庭の声聞く道の春　七〇
【立春】
母の杖父の杖春来りけり　三九
立春や水を散らかす河馬の耳　七〇
【春めく】
春めくや水のぬけたるみづたまり　一三七
【如月】
如月の平たき銀の電池かな　七一
【彼岸】
かたまつてゐてもばらばら彼岸婆　七四
【弥生】
噴水の高さ正しき弥生かな　七五
【日永】
永き日の音して無人精米所　一六六
【花時】
花時のマルコポーロといふ紅茶　一〇八

天文

【春風】
春風やはちきれさうな麩の袋　四二
石鹸に牛の刻印春の風　七五
【涅槃西風】
赤ん坊のすつぱきにほひ涅槃西風　四一
【春雨】
眠る子の春雨色となつてをり　一六八
【春の雪】
人間についてゆくなり春の雪　一三
春の雪椅子の形を知つてをり　四〇
【淡雪】
淡雪やぽつと音する給湯器　一六四

地理

[春の水]
春の水僧一列となり歩む　七三
[水温む]
水温む体操帽に顎の紐　一三
[苗代]
苗代へぶつきらぼうに入る水　一〇九
苗代へ魚臭はりつく男かな　一四二
[雪解]
音はみな雪解雫の中にあり　七一
[薄氷]
薄氷に水ののりたる逢瀬かな　四一
水見えて薄氷見えて来たりけり　一〇三
[氷解く]
原文と違ふ翻訳浮氷　一〇三

生活

[目刺]
眼より炎のあがる目刺かな　四三
[春灯]
一本の紐にて春を灯しけり　一〇二
[畑焼く]
いつも会ふ男が畦を焼いてをり　一三七
[芝焼く]
芝焼の蕩けるやうに火の走る　七二
[畦塗]
畦塗を終へたる喉のよく動き　四七
[種浸し]
種浸す同い年なる男かな　七六
[種蒔]
蒔く種の指を離れてよりの快　一〇六
[芋植う]
芋植ゑて短き坂を下りて来る　一六七
[凧]
凧下りてぺたりと地を抱きぬ　一三九

行事

[鶏合]
負鶏のただに立ちたる草の上　一三八
[水口祭]
水口を祭りてよりの太き雨　一七〇
[涅槃会]
宿木の青くふくらむ涅槃かな　一〇四

[蓮如忌]
ほがらかなマスト一本蓮如の忌　一四一

動物

[猫の恋]
恋の猫ブーツ倒して出てゆきぬ　一三
恋の猫きれいな庭に出てをりぬ　一六五
[蝌蚪]
流れ来る水にはりつくやうに蝌蚪　一〇五
闇市の如きに蝌蚪のかたまりぬ　一六六
[蛙]
心地よく雨が蛙に吸ひつきぬ　一七二
[百千鳥]
万力に一本の棒百千鳥　一九
羊羹のかたき銀紙百千鳥　一〇七
[燕]
若き師のまなざし思へ燕　一四〇
気持ちよき丸盆の塗つばくらめ　一六八
[残る鴨]
春の鴨毬のやうなる水を吐く　七四
[囀]
囀とパイナップルの缶詰と　七二
囀や練乳缶に穴二つ　一〇八
囀の真只中を鳩歩く　一三九
[鳥交る]
てのひらの中の靴べら鳥の恋　一六七
[雀の子]
雀の子動物園を見てゐたり　一七
[鳥の巣]
鳥の巣に鳥の来てゐる時間かな　一四
[鱵]
番台のうすき座布団鱵漁　一四
[白魚]
白魚の水に遅れて汲まれゆく　一六五
[蜷]
蹴上へと曲がつてゆけば蜷の道　一五
[田螺]
癪といふやはらかきもの田螺鳴く　一〇五
[蝶]
蝶の口蝶の脚へと近づきぬ　四四
赤色の馬穴が三つ蝶の恋　四五
蝶すでに水の虜となつてをり　一四〇
[虻]
水平に垂直に虻唸りをり　一六九

植物

[梅]
白皙の男を連れて梅の寺　四〇
[椿]
線香の灰立つてゐる椿かな　一〇六
三輪車つつこんである椿かな　一四一
[初花]
初花や置けば傾く紙の鶴　一〇七
[桜]
をさなごがをさなごしかるさくらかな　一七
[花]
花に影獣に臭ひありにけり　四六
ペリカンの嘴の音花満つる　七六
[落花]
鉄瓶を提げて落花の中を行け　一七〇
[桜蘂降る]
塵取の内と外との桜しべ　四六
[沈丁花]
雨粒に沈丁の香のうつりつつ　四三
[小粉団の花]
こでまりの花へと二人押し出せり　一九
[木蓮]
はくれんの喜劇の如く散つてをり　四五
[山吹]
座蒲団にかわく飯粒濃山吹　一〇九
座布団を積めばかたむく濃山吹　一四二
焙煎の大きな音や濃山吹　一七一
[桃の花]
エプロンにポケットひとつ桃の花　一五
[蘖]
書を閉ぢてより蘖の高さかな　一三八
[黄水仙]
聖水のまつくらがりを黄水仙　三
黄水仙蔵の前より咲いてをり　七三
[チューリップ]
置くやうに花びら落とすチューリップ　一八
[ヒヤシンス]
唇に指を一本ヒヤシンス　一六九
[菜の花]
菜の花のみな窮屈に咲いてをり　一八
[豆の花]
豆咲いて黒一色の貨物船　一六
車拭く大きな羽根や豆の花　四四

【葱坊主】
一円がこんなところに葱の花　一七一
【雪間草】
雪間草山ゆつくりとまるくなる　一〇四
【紫雲英】
箸箱に箸の音ありげんげ草　一六
げんげ田へ入るところの見つからぬ　四二

夏

時候

【夏】
夏さびし机の上の烏龍茶　一七三
【初夏】
初夏の鯉は体をもてあまし　一七二
【立夏】
手を洗ひまた手を洗ひ夏に入る　一一〇
【短夜】
余命とも颪の音とも明易し　五〇
短夜のみどりうきたる白衣かな　一一一
【暑し】
人の死に蛸切つてゐる暑さかな　八三
ザリガニの馬穴を鳴らす暑さかな　一七五

天文

【雲の峰】
まつすぐに柱拭きたる雲の峰　一四七
【夏の月】
夏の月ロールキャベツに白き帯　一二
音消して出てゆく母や夏の月　五四
糊つよき敷布の角や夏の月　一七六
【五月雨】
さみだれのみづわのごときをみなごは　一一〇
【雷】
納豆の糸をのばせばはたた神　一四
雷のにほひ出したる近江かな　八〇
【日盛】
とほい木にとほい人をり日の盛　五五
【炎天】
炎天を神の如くに歩みけり　五五

地理

［滝］
我の横我ゐるやうな瀧の水　一四六
瀧壺をしづかに水の出てゆけり　一四七
瀧の音水を離してしまひけり　一七七

生活

［更衣］
蔵中に一筋の風衣更ふる　四七
水を見てほめたる人や更衣　一七三
［海水着］
子の名前水泳帽の正面に　一五〇
片手にて水着絞つてゐたりけり　一八一
［日傘］
女待つ黒き日傘の女かな　九九
［夏帽子］
鞄よりつかみ出したる夏帽子　一一七
［白玉］
白玉の隣の白と違ふ白　三三
［清涼飲料水］
口論にサイダー持つて加はりぬ　一八〇

［氷菓］
ねぢれゐるアイスクリンの小旗かな　一四八
［新茶］
五人目は男と聞いて新茶汲む　七七
［籐椅子］
籐椅子に霧吹のころがつてゐる　五二
籐椅子の後ろを通つてゆくスープ　一四六
［蠅叩］
蠅打つてあたりの音をあつめたる　一四五
置いてある蠅叩へと蠅の来る　一七五
［扇］
風よりも話のほしき扇かな　一七八
［風鈴］
風鈴の揺れとは合はぬ音であり　一四八
［虫干］
白粥のごとき曝書の日ざしかな　二五
［早乙女］
風ほどくやうに早乙女歩みゆく　一一三
［水番］
水番の或は膝のまるさかな　三三
落ちてゐる水と言ひつつ盗みをり　八四

【竹植う】
竹植ゑて泥鰌の髭の話かな　五一
【繭】
玉繭の如き息災ならばよい　一一〇
【水鉄砲】
あたたかき水鉄砲の水なりき　一七九
【箱庭】
箱庭に居さうな四人家族かな　一四九
箱庭に幸せさうな人らかな　一八〇
【草笛】
しばらくは草笛のため恋のため　四八
【汗】
首の汗背中の汗に追ひつきぬ　八三
【昼寝】
とくとくと犬の心臓村昼寝　一四九

行事

【夏芝居】
夏芝居まづ松風を聞いてをり　一五一
【祭】
母の香の縁にひろがる祭かな　一〇
【夏書】
糸つけて蜘蛛走り出す夏書かな　三三

動物

【袋角】
袋角うつらうつらといふ色に　一四三
【雨蛙】
青蛙生意気な肘ありにけり　一三三
【蜥蜴】
止まりてもどこか動いてゐる蜥蜴　一二五
【蛇】
くちなはのよくしなひたるかたさかな　一七九
【蛇衣を脱ぐ】
昼酒の微醺とあらば蛇の衣　三三
【羽抜鳥】
晩年の顔してをりぬ羽抜鳥　一七八
【時鳥】
よき山のなにさびしうてほととぎす　四九
【葭切】
葭切の鳴く辺をタカラジェンヌかな　一四五
【金魚】
満ちたりし金魚の顔でありしかな　一一四

[目高]
遺されし帽子の箱と緋目高と　七九
目高より目高の影のよく見ゆる　一四四
[穴子]
水槽の穴子きれいに重なりぬ　一四三
[鰻]
丸桶に沿うて二匹の鰻かな　一二六
[毛虫]
地に下りて別の顔なす毛虫かな　一一七
[蛍]
螢火に名前呼ばれてゐるやうな　一四四
[源五郎]
源五郎泡を先に行かせたる　一七六
[水馬]
水馬の影水馬の斜め下　八一
[ががんぼ]
一大事すみたるあとをががんぼと　五四
[蟻地獄]
ぼんやりと土に色あり蟻地獄　一二五
あどけなき土をもりあげ蟻地獄　五三
[蟻]
むらがりてものの形の蟻の数　五〇
蟻の口開けば三角四角かな　八三
[蜘蛛]
とんで来て蠅虎が目の高さ　一一七

植物

[余花]
余花に風ハンバーガーを包む紙　七八
[葉桜]
葉桜や犬に着せたる星条旗　七七
[百日紅]
オムレツの卵ぱるんと百日紅　二六
お習字の長き机や百日紅　一一八
[額の花]
切込に沿うて鋏や額の花　一七四
[夏木立]
毛の中に犬の顔あり夏木立　一一四
[若葉]
若葉かな栗饅頭の白き餡　四八
[新緑]
新緑や御所を出てゆく郵便車　七八
[常磐木落葉]
咎めたるごとく松葉の散りこみぬ　八一

疫学者細菌学者夏落葉　一一三
［桐の花］
茹玉子ひとりにひとつ桐の花　五一
［向日葵］
向日葵の家の中より怒声かな　一五二
［葵］
夕方のきれいな眉や立葵　五三
［夕顔］
夕顔に気分よき人立つてをり　一一五
［胡麻の花］
踏むほどの雨となりたる胡麻の花　五六
［蚕豆］
蚕豆をゆでたろ頭をなでたろ　一一一
［筍］
筍にそのまま書いてある値段　一一三
筍を千葉日報でくるみたる　一七四
［蕗］
一家族蕗の向うに立つてをり　三一
蕗の葉のかたむきよろし水よろし　八〇
［トマト］
少年はトマトの茎の匂ひかな　一五〇
［蓮］
蓮咲いて漆黒の水透き通る　一五一
［草いきれ］
科学誌の表紙にぎやか草いきれ　二四
［月見草］
十人が一人を待ちぬ月見草　八二
［蛍袋］
熟睡とは螢袋の花の中　五三
［萍］
萍の犇めきあつて重ならず　一一六
［黴］
これ以上緑を足せぬ青黴よ　四九

秋

時候

［秋］
舟ゆけば水のよろこぶ湖の秋　一八一
［立秋］
僧逝きて僧の集まる今朝の秋　一一九

［二百十日］
厄日かな日ざしつらぬく雨の粒　八五
石に影二百十日の人の立つ　一五二
［秋深し］
秋深し味噌屋に味噌の盛りあがり　三〇

天文

［秋晴］
秋晴や狐色なる紙芝居　九〇
［秋旱］
前菜の黒き玉子や秋旱　一二三
［秋高し］
天高し男をおいてゆく女　九一
［月］
あふむけに寝転ぶ月の畳かな　二八
フルートの音月光にはさまるる　五九
月明の研究室に来るマウス　八九
［天の川］
天の川渚は人の寄るところ　一八二
［秋風］
秋風に話したきこと少しあり　二六
秋風よ老女の白きソックスよ　九一
［野分］
洗はれて烏賊の目黒き野分かな　一八四
［颱風］
煌々と台風圏のシャンデリア　一八四
［露］
芋の露二つとなりて隣り合ふ　八八
安心の形でありぬ露の玉　一三三
露の玉かつと日ざしをあつめたる　一八六

地理

［秋の山］
駅弁に輪ゴムがひとつ秋の山　一三三

生活

［衣被］
観音に噂ありけり衣被　一二四
［夜食］
雨音をみな聞いてゐる夜食かな　八七
［干柿］
干柿に食ひ入る縄のかわきかな　一八八
［障子洗う］
浸障子水にもたれてゐるやうな　一五五

［稲架］
棒稲架の老いたる色でありにけり　一五六
［夜なべ］
夜業人薬のにほひしてをりぬ　八七
［種採］
種採の大き声よりあらはるる　一八七
［萩刈る］
刈萩の順番もなく運ばるる　九三
［根釣］
犬抱いて根釣見てゐる女かな　一五三
［菊人形］
とまどひは菊人形の蜂にあり　二九
人間と菊人形の間かな　一五四
落ちてゐる菊人形の菊の影　一八九

行事

［終戦記念日］
鶏は蛇銜へ八月十五日　一一八
［赤い羽根］
赤い羽根つけたるあとの聡き耳　一五六
［盆］
途中までついて来る子や盆の道　一八二
［大文字］
油より掬ふコロッケ大文字　一八三
［灯籠流］
草の葉に流燈ふれてまたたきぬ　八五
［中元］
中元や鯰は髭をもてあまし　一一九
［秋祭］
秋祭鳥が屋根を歩きをり　一八六
［摂待］
摂待やうなじに虫のゐる気配　八四
［遊行忌］
いつもこの端に立つ僧一遍忌　八六

動物

［鹿］
鹿の胸水の明かりをためてをり　一五五
［鵙の贄］
鵙の贄とろりと雨をしたたらす　一二五
［秋の蠅］
秋の蠅螺鈿の上にのつてをり　五六
［秋の蝶］
教会の匂ひ秋蝶のにほひかな　一二一

【法師蟬】
教室の飴色の椅子法師蟬 二二
法師蟬声擲つて鳴きやみぬ 一八三
【蟋蟀】
ゆすぶれば雨落とす雲ちちろ鳴く 八八
【螽蟖】
右を向くプラトンの像きりぎりす 五七
【螇蚸】
視線とは違ふところへ飛ぶばつた 九二
拡げたるばつたの翅のごとき恋 二四
【蟷螂】
蟷螂の声あるやうに振り向きぬ 一六五

植物

【桃の実】
水蜜桃食ふ指先となつてをり 五八
桃すする見覚えのなき顔をして 九二
【葡萄】
皮むけば色おとなしき葡萄かな 一八七
【ななかまど】
使はれぬポケット多しななかまど 一五四
【桐一葉】
履歴書の小さな写真桐一葉 五七
【柳散る】
その揺れを知らずに柳散つてをり 五九
【団栗】
泥鰌となりて団栗と話しこむ 一六
【銀杏】
御奉仕は銀杏落つるところより 二五
【梅擬】
もうすでに土なる筵梅擬 三〇
【鶏頭】
鶏頭へ炭酸水を開ける音 一二二
【白粉花】
おしろいやきれいに外す包装紙 二七
【菊】
畑に菊我に勉強机かな 九三
【西瓜】
ゆつたりと水につかつてゐる西瓜 一三〇
【糸瓜】
へうたんのほうがえらいとへちまいふ 八九
【貝割菜】
流れ来る水色若し貝割菜 九〇

[唐辛子]
唐辛子紙の袋に入れてある　二七
[稲の花]
測量の小黒板や稲の花　一二〇
[秋草]
秋草のまじり気のなき色に合ふ　一二七
[草の花]
弁当に飯ぎつしりと草の花　二八
[草の実]
草の実の飛んで鰊が蕎麦の上　一八八
[草紅葉]
ここからは水音暗き草紅葉　一二六
[末枯]
末枯や子規自画像の鼻の穴　二九
[葛の花]
しつとりと黒きネクタイ葛の花　五八
[狗尾草]
テーラーのかろき巻尺ゑのこ草　八六
スポンジは元の形にゑのこ草　一五三
一鉢はみなゑのころとなつてをり　一八五

冬

時候

[冬ざれ]
冬ざれやうすきみどりの龍の肌　一三二
[十二月]
十二月紙の礫の開き出す　一六二
[寒の入]
太陽のそよぎて見ゆる寒の入　三八
[寒し]
寒さうなゴム手袋の吊つてあり　一六三

天文

[冬の月]
寒の月山より闇をひきちぎり　三八
[北風]
北風や甘き匂ひの川魚屋　一六一
[初時雨]
初時雨山河に弦をはるごとく　七

【時雨】
しぐるるや魚の脂の焼くる音　三四

【風花】
風花やからりとあがるパンの耳　二

地理

【水涸る】
飽食の男と女水涸るる　六六
日時計の動かぬ針や水涸るる　一〇〇

【氷】
ゆつくりと氷の上をこほる水　一三六

【冬滝】
根をのばす如くに水や冬の瀧　三七

生活

【手袋】
手袋のその人らしくなつてをり　九

【焼藷】
焼藷を割つて右手と左手と　一六一

【鴨汁】
鴨鍋にさて四人目の男かな　六三

【煮凝】
煮凝の用心深きかたさかな　一六四

【障子】
日の照つて障子の好きな時間かな　一二三

【屛風】
騒ぎつつ舟より降りてくる屛風　一三四

【消炭】
火消壺独語の如く立つてをり　六八

【炬燵】
よき匂ひさせて炬燵にゐる女　一〇
炬燵より短き返事する男　三六

【榾】
榾の火に雨ちくちくと刺りをり　六七

【湯婆】
となりの子湯婆抱いて現はるる　九

【大根引】
大根を抜きたるあとの穴きれい　六三

【大根干す】
恋文が干大根の中通る　八
犬の眼が干大根に向いてをり　六四

【蓮根掘る】
天上へ音のにげこむ蓮根掘　一二三

[兎狩]
ふれてゆく草あたたかき兎狩　一三
[焚火]
一山のぬくもつてゆく焚火かな　九九
[探梅]
探梅の長き筧を見て終はる　一一
[牡蠣船]
牡蠣船の中途半端な灯りかな　九八
牡蠣船へ大阪弁の下りてゆく　一六二
[竹馬]
竹馬で飼育係のやつて来る　一〇二
[風邪]
風邪の子に仏壇明かるすぎないか　一三六
[胼]
妙な色妙な匂ひの胼ぐすり　六八
[暦売]
暦売少しく酒のにほひけり　六六
行事
[七五三]
真白き土嚢置きある七五三　一六〇
[追儺]
藤蔓の太きねぢれや鬼やらひ　六六
[神の旅]
松脂の金のふくらみ神の留守　一三
水が水またぎてゆくや神の留守　六四
赤々と亀の眦神の留守　一五九
[クリスマス]
メンソレの蓋の少女や聖夜来る　一六三
動物
[兎]
恋の眼のままに兎を抱いてをり　一三
[冬の鵙]
冬鵙のゐさうな山の容かな　七
[寒雀]
寒雀歩めば羽のはみ出せり　三九
[梟]
梟の居さうな廊のつきあたり　九九
[水鳥]
むらさきの閨の水差浮寝鳥　三五
降りて来てみな水鳥の形かな　六五
水鳥へ頁の角を折つてゐる　九七

令和俳句叢書

句集　礫《つぶて》

二〇二三年六月二一日第一刷

定価＝本体二八〇〇円＋税

●著者——山口昭男
●発行者——山岡喜美子
●発行所——ふらんす堂
〒一八二—〇〇〇二東京都調布市仙川町一—一五—三八—二F
TEL〇三・三三二六・九〇六一　FAX〇三・三三二六・六九一九
ホームページ　http://furansudo.com/　E-mail　info@furansudo.com
●装幀——和兎
●印刷——日本ハイコム株式会社
●製本——株式会社松岳社

ISBN978-4-7814-1543-7 C0092 ¥2800E